RAINBOW | 099

# 거울 속의 나를 본다

**심웅석 시집**

**초판 발행** 2022년 9월 12일

**지은이** 심웅석

**펴낸이** 안창현　**펴낸곳** 코드미디어

**북 디자인** Micky Ahn　**그림** 안정현

**교정 교열** 민혜정

**등록** 2001년 3월 7일

**등록번호** 제 25100-2001-5호

**주소** 서울시 은평구 갈현로 318-1 1층

**전화** 02-6326-1402　**팩스** 02-388-1302

**전자우편** codmedia@codmedia.com


**ISBN** 979-11-89690-76-2　03810


**정가** 12,000원

**거울 속의 나를 본다** | 심웅석 시집

# 아름다운 삶, 자연의 노래

한국여성문학인회이사장 **지연희**

    심웅석 시인이 세 번째 시집 『거울 속의 나를 본
다』를 출간한다. 늘 탁월한 의지로 부단히 노력하여 근 십 년에
이르는 문학 인생의 풍요로운 성탑을 이룩하고 있어 존경스럽
다. 시인을 엄격하게 분석하자면 대한민국 의료계의 유능한 정
형외과 의사로 정평이 나있는 서울대학의대 출신의 시인이자
수필가이다. 웬만한 의지로는 다가서기 어려운 문학의 길에 투
신하여 바람직한 작품을 쓰며 두각을 나타낸다는 일은 의료계
뿐 아니라 문단의 의료 시인 수필가로 자랑스러운 일이 아닐
수 없다. 이후 그의 삶은 경이롭게 신장되어 시인으로서의 궁
극적인 삶의 가치를 채득採得하고 계신다는 생각에 이른다.

    '공원 한편에 새로 들어선 성복도서관/ 토요일 오
후 마감 시간에 서둘러 책을 반납하고/ 시집 두 권을
다시 빌려 나왔다// 오월의 찬란한 태양은 연둣빛 잎
새 위에 반짝이고/ 바람은 산들산들 이팝나무 하얀 꽃

무리를 흔든다/ 단지들 담장에는 빨간 덩굴장미가 방 긋 웃고/ 고개를 들면 하늘은 티 한 점 없는 코발트블 루/ 잔디마당 저쪽에는 공놀이하는 어린 맑은 목소리/ 잡다한 세상에서 멀리 격리되는 느낌이다// 고즈넉한 벤치에 앉아 시집을 열어 보는데/ 시보다 더 아름다운 자연 속에 산다는 기쁨에/ 나는 이순간 한 마리 종달 새가 된다'

– 시 「生의 기쁨」 전문

공원 한편에 들어선 성복도서관 오월의 찬란한 장밋빛 태양은 연둣빛 잎새 위에 반짝이고 있다. 바람은 이팝나무 하얀 꽃 무리를 흔들고 담장에는 빨간 덩굴장미가 방긋 웃고 있다. 고개를 들면 하늘은 티 한 점 없는 코발트블루가 손끝에 닿는다, 이 청명한 계절, 공원 벤치에 앉아 있는 시인의 고즈넉한 사색의 깊이를 관망하게 된다. 잡다한 세상일 멀리 내려놓고 무념무상의 자연 속에 흡입되어 生의 기쁨을 터득할 수 있다면 더 이상의 행복이 가능할까 싶을 것이다. 매사는 혼신이 힘을 다하는 사람이 이룩한 결실의 결과물이라 한다. 문학은 아름다운 정신을 이끄는 스승이며 초탈의 의지로 피워내는 아름다운 길이라 한다. 자연의 아름다운 정취에 빠져 무아지경의 선경에 미혹된다면 한순간 스치는 바람일지라도 살아가는 삶의 기쁨이라 아니할 수 없다. 벤치에 앉아 시집을 열어 보는데 시보다 더 아름다운 자연 속에 빠져들고 만다는 시인의 사색이 얼마나 순연한 기쁨일까를 생각한다. 인간은 자연으로부터 태어

나고 자연의 깊이 안으로 소멸되는 존재이다. 언젠가는 지구촌 그 어느 곳에서도 흔적을 찾을 수 없이 사라지고 말 속성을 지녔다.

시 「아버지 냄새」, 시 「존재의 이유 - 말하는 시집」, 시 「시인에게」, 시 「행복한 노년」 등 심웅석 시인의 제3시집에서 종합되는 의도는 오월의 가난한 '아버지 냄새'며 당신(문학)이라는 존재의 대상을 만나 수줍은 속내를 열고 고독한 삶의 길에서 살맛을 얻게 되는 기쁨이다. 바람을 기다리는 민들레 꽃씨처럼 당신의 미소(온전한 문학)를 향한 부단한 노력의 결과물을 제시하고 있다. 시인의 이 같은 시 수필 사랑의 의지는 한 경지에 오르는 성과를 보여주고 있다.

'무엇으로/ 오늘을 사는가/ 나무와 풀꽃들의 노래/ 산과 바다의 노래/ 사랑과 이별의 노래/ 그것으로 되었나/ 빛나는 우리들의 봄날이/ 다시 오지 못할 어둠 속으로/ 서럽게 울며 가는데/ 그대는 흐르는 강물에 잠기고/ 나는 당신을 잃었네'

– 시 「시인詩人에게」 전문

세월의 덧없음을 심도 깊은 삶의 정서로 집약한 인생 전반의 단명單明한 노래이다. 희로애락의 한 생의 시간이 지나 그대는 강물에 잠기고 나는 당신을 잃었다는 아픔이다. 어쩌면 삶의 노래는 그대를 소유하고 그대를 잃어버리는 그대를 향한 사랑이지 싶다.

어떤 일을 도모하고 성취하는 일처럼 아름다운 기쁨이 있을까. 심웅석 시인의 문학적 성과는 과실수가 열매를 매달고 낙과의 시기를 지나 튼실한 수확을 기다리는 시점이라고 보아야 할 것이다. 시어의 이미지를 구축하는 유기적 형상성, 놀라움의 창의적 정서의 언술들이 도처에 깃들어 아름다운 문학예술의 가치를 고취하고 있다는 것이다. 아무쪼록 제3시집의 출간을 축하드리며 더욱 성장하여 한국 문단의 발전에 기여해 주시기 기대한다.

# 심웅석

일선에서 물러난 후 자연에 묻혀 살면서 시를 계속 쓰고 있습니다. 늦게 배운 도둑 날 새는 줄 모른다더니 어느덧 네 번째 시집입니다.(디카시집, 『꽃피는 날에』 포함) 인간의 가장 위대한 성취는 은거隱居할 때 이루어진다(세네카, 고대 로마의 철학자)라고 했던가요. 해가 뜨면 하루를 시작하고 어둠이 내리면 하루를 마감하는 생활 속에서 나 자신을 찾아가는 시를 쓰다보면 인생을 한 번 더 사는 느낌이 듭니다.

지속적으로 깎고 다듬어야 좋은 시가 된다고 하지만, 그렇게 끝없는 퇴고 작업을 하지는 못합니다. 내 영혼의 언어가 표현됐다 싶으면 적당한 선에서 그칩니다. 더 꾸미고 싶지 않기 때문입니다.

텅 빈 고요 속에서 인생을 명상하며 별 수 없는 시를 계속 쓰고 있지만, 이런 내 시를 읽고 한 사람이라도 길을 찾아 앞으로 나아가는 힘을 받는다면 행복할 것입니다.


2022년 9월
심 웅 석

# 1부 그곳에 가고 싶다

## 2부    生과 死

차례

# 3부　눈 오는 날

## 4부     살면서

詩의 세계는 우리 삶의 또 다른 얼굴입니다
그 포근한 세계로 지친 발을 조용히 내려놓으면
가서 물들어 나도 詩가 됩니다

－「시를 읽을 때면」중에서

1부

**그곳에
가고 싶다**

# 양재역에서

오랜 친구 몇이 8번 출구에서 만나
한 달에 두 번 당구를 친다
당구대에 황혼이 깃들면, 요즘은
코로나 공포에 치맥 파티도 생략하고
지친 몸 각자 서둘러 헤어진다

헤어지며 가볍게 흔드는 손길에는
기다렸던 그리움의 흔적이 있고
서로 안녕을 비는 기도가 있고
다시 만날 때까지의 애틋함이
무겁게 숨어 있다

세찬 바람에 낙엽으로 날지 말고
얼마나 더 볼 수 있을지 가늠하면서
건네지 못한 말들이 여백을 메운다

## 할미꽃

새벽에 정화수 떠 놓고
장독대에 두 손 모아
허리 숙여 비는 어머니

중학 입학할 때에는
힘 있게 꼿꼿하던
어머니의 허리가

군에서 휴가 나온 새벽엔
할미꽃처럼 굽어
빌고 일어서기 힘들어하신다

빼꿋한 부엌문 사이로 안타까이
바라보는 아들도 못 보시고
할미꽃 허리로 두 손 모은다

뒷산에서 슬피 우는 뻐꾸기 소리
뻐―꾹 뻐꾹

# 커피의 추억

-코로나 시대에

냇가를 걷다가 '일비앙코'에 들러
넓은 창으로 들어오는 언덕 위
초록의 바람을 몰고 온다

안개비 내리는 봄날
추억 한 조각 토핑으로 얹으며
철없던 그 시절 소녀를 꿈꾸었고

낙엽이 바람에 쓸릴 때면
그리움 한 조각 얹은
검붉은 차 한 잔이 위로가 되었다

커피는 어느덧 마음의 고향인가
가슴을 열어주는 자유의 손길인가

당연했던 친구와의 커피 한 잔이
은총으로 다가서는 마스크 세상에서
인연들의 안녕安寧을 커피에 심는다

# 컴퓨터 앞에서

부르면 환한 얼굴로 나타나고
일 다하면 바람처럼 들어가는

내 생각 모두 가슴에 담아주고
필요할 땐 선뜻 꺼내주는

궁금하면 무엇이든 알려주고
우울할 땐 노래도 불러 주는

빈손으로 말없이 헌신하는 그대

수많은 날 조용히 주기만 하시던
가슴 저미는 모정母情의 세월

간이역에 비 맞고 서 있는 내게
'들어가라' 눈 젖어 손짓하신다

## 아버지 냄새

　해마다 오월 초 이맘때면 밥상머리에서 아버지 냄새를 맡는다. 고향 집 울 옆에는 하늘로 뻗은 키 큰 참가죽나무가 서 있었다 봄철이 되면 아버지는 긴 장대에 낫을 엮어 그 나무순을 잘라 내리셨다. 가죽순 나물을 몸에 좋은 보약처럼, 온 식구가 둘러앉아 봄을 씹을 때 떫고 씁쓰름한 아버지 냄새가 났다

　등교登校정지를 당했을 때 산 넘어 등록금을 꾸러 가셨다가 말없이 사랑으로 돌아와 속으로 우시던 빈손이었다 뒤주에는 쌀이 다 떨어져가고 가죽나물을 무쳐 먹던 때는 보리밭 푸른 물결 위로 종달새가 높이 솟아오르던 오월이었다 돌아가시고 이 냄새가 사라졌을 적에 내 인생에 헛발을 디뎠던 일을 생각하면 이 냄새는 나를 올바른 길로 인도하는 수호신이었다 철든 후에는 죽순나물 냄새 따라 내 앞에 나타나신다 해마다 오월이 오면 아내는 내가 좋아한다고 가죽나무순을 구해서 고추장에 버무려 밥상에 올린다

아버지보다 이십 년도 더 살고 있지만
나는 언제나 이 냄새가 그립다

# 미안하다

너를보고있으면 항시 미안하다

일상에서도쇼핑에서도찻집에서도 모든것을양
보만하는그몸짓이 너무미안하고측은하여마음이
아프다 아픈손마디로좋다는음식쉬임없이만들어
내는그대는 때묻지않은여인이었구나 쇼핑을가도
정성으로골라줄뿐네것은골라본적없으니. "이거하
나사줘요"하면얼마나좋을까.찻집에서도당연하게
서둘러카운터로가고. "난아이스아메리카노요"하고
앉아있으면얼마나푸근할까 낮은데로임하는가난
한영혼인가 TV앞에서도언제나"보세요"대신"나보
는데요"하면 이렇게아프지는않을것을

너는나보고웃고 나는너를보고운다

젊어서인사불성술에취해 데리러온너의뺨을우
악스럽게올리고, 그러고도구석에서외로운들꽃처
럼조용히눈물짓던가엽고불쌍한그모습이기억따라

와 이 가슴을 한없이 후빈다 자신을 위해 사는 법을 어

찌해야 배워주나 사랑할 수밖에 없는 그대, 설령 이것

이 이 세상 마지막 언사가 될지라도 품으리라 내 영혼

의 속자리에 살포시 그대를 품고 가리라

## 오월의 산책은

문 앞부터 모두가 슬픈 시詩다.

청잣빛 하늘엔 낮달이 반달로 뜨고
해맑은 햇살은 잔디 위에 뒹굴고
초록의 잎새들 바람 안고 살랑대고

계곡물은 졸졸 맑게 흐르는데
하얀 찔레꽃 향기 코끝에 은은한데
산비둘기 울음소리 지척에서 들리는데

이 숲길은 너무 아름다워서
당신 없으면 혼자서는 못 오겠다고
그러니 오래 살라고 더듬어 손잡는 그대는
이 환자의 면역제인가 서러운 등불인가

# 신의 축복

멀쩡하던 초등학교 고향 친구가
오늘 영면했다는 소식을 접해도
놀라지 않는 세월을 살았나?

이 나이 먹도록 살아 있다는 것은
요절夭折을 면했다는 신의 축복이다

가을바람에 낙엽이 뜰에 쌓이면
봄은 다시 푸른 옷으로 숲을 입힌다

훌륭한 시 한 편 남기지 못했다 해도
팔십이 넘은 사람에게
봄이 온다는 것은 신의 축복이다

# 그곳에 가고 싶다


'나는 먼저 아버지가 된 일을 후회해 본다'
시인은 왜 이런 말을 했을까? (조병화, 주점)


방긋방긋 갓난아기 때는 깨물어주고 싶고
새순 같은 유아기 때는 눈에 넣어도 아프지 않을 듯
풀꽃 같은 초등학교 적엔 업어주고 싶은 마음
중학생이 되면 원하는 것은 무엇이든 해주고 싶고
대학생일 때는 믿고 밀어주고 싶은 생각


결혼하고 4-50대 사회인이 되면
사랑은 손자녀에 옮겨지는데 자식들은
소통이 단절되는 서먹한 관계


시든 잎은 마른 바람에 초라해지고
어리던 시절 – 그곳으로 가고 싶다

# 生의 기쁨

공원 한편에 새로 들어선 성복도서관
토요일 오후 마감 시간에 서둘러 책을 반납하고
시집 두 권을 다시 빌려 나왔다

오월의 찬란한 태양은 연둣빛 잎새 위에 반짝이고
바람은 산들산들 이팝나무 하얀 꽃 무리를 흔든다
단지들 담장에는 빨간 덩굴장미 방긋 웃고
고개를 들면 하늘은 티 한 점 없는 코발트블루
잔디마당 저쪽에는 어린 맑은 목소리
잡다한 세상과 멀리 격리되는 느낌이다

고즈넉한 벤치에 앉아 시집을 열어 보는데
시보다 더 아름다운 자연 속에 산다는 기쁨에
나는 이 순간 한 마리 종달새가 된다

## 시를 읽을 때면

나는 행복합니다

몸이 아파 병원에 누워 있거나
걱정이 있어 고민에 빠지거나
슬픔에 잠겨 울고 있는 사람은
시를 읽을 수 없을 것이기에

詩의 세계는 우리 삶의 또 다른 얼굴입니다
그 포근한 세계로 지친 발을 조용히 내려놓으면
가서 물들어 나도 詩가 됩니다

이제
인생을 사랑할 나이 되어, 바람에 흔들리는
느티나무 거목ㅍ木의 늘어진 가지들처럼
안정된 마음의 여유 속에서
조용히 詩와 함께 동행할 것입니다

# 우리는 친구

새벽빛 신명神明처럼
맑고 희망찬 인연으로 만나
젊은 날을 함께 했고
이심전심으로 통하는 사이
곁에 있지 않아도 외롭지 않네

불타던 청춘의 꿈은
우리들 가슴에 전설이 되었고

어느덧
八旬언덕에 올라 하늘을 바라보니
별들이 언-제 친구하자 할지 몰라

오늘 같은 만남의 날이
긴 꼬리를 남기네

– 2020.1.18. 대학동기신년회 낭송

## 과거는 말이 없다

눈부신 햇살이 환하게 내려 비추는
붉은 시계탑 건물을 바라본다
저기에는
청운의 뜻을 품고 정신없이
원서에 파묻혀 살던 젊음이 있고
서투른 사랑의 역사가 있고
더없이 맑은 영혼들의 우정이 있다

나는 지금 커피를 앞에 놓고
새로 지은 맞은편 암 병원 구석
작은 카페에서 주사 시간 기다리며
내 젊은 시절을 바라본다

처연히 불러보아도
노란 은행잎들 속에 가을은 흐르고
히포크라테스 선서를 가슴에 새기던
나의 지난날들은 이미 고전이 되어
아무런 대답이 없다

## 행복한 노년

용인에 내려와 기대한 것이 무엇인가? 아침에 눈 떠지면 일어나고 자고 싶을 때 누울 수 있으니 행복이요 내 집에 살며 말동무하고 밥해주는 아내가 있어 행운이다. 자신의 생각대로 걸어 다닐 수 있어 감사하고 문우들 만나 글길 닦으니 보람이다 바이러스 Virus로 자주 만나지는 못하지만 연락하고 서로 생각해 주는 친구들이 있어 즐거움이다

자식들 모양새는 세월 따라 흐른다. 손 놓고 낙엽 밟는 길에서 힘들여 다른 길 세울 필요 있을까. 파-란 하늘에 흘러가는 흰 구름 바라보면서 연초록 숲을 스쳐오는 바람에 맑은 숨 쉬고 둘레길 벤치에 앉아 주름진 피부에 따스한 햇살 쪼일 수 있으면 되지 않았나

인간의 본능은 죽음을 피하려 하지만 앞에 서면 알게 된다 죽음이란 그렇게 두려운 것이 아니라는 것을. 이때 드리는 기도는 신의 응답이 없는 참기도이고 그의 미소는 호숫가의 산들바람이며 풀잎에 맺힌 아침 이슬이다. 걱정할 일이 무엇인가?

중노의 아주머니가 고개를 이쪽저쪽으로 쉴 새 없이 돌리고 움직인다 자세히
보니 동그란 눈으로 뚫어지게 양쪽을 돌아보는 모습이 生쪽과 死쪽을 번갈아
바라보는 것이다

ㅡ「生과 死」 중에서

2부

生과 死

## 고요

고요와 사랑에 빠졌어요

온갖 복잡과 이별한 지는 오래
하지만 그냥 생각 없이 걸어왔을 뿐
고요가 이렇게 사랑스러운 친구가 될 줄은
미처 알지 못하였어요

창밖에 겨울비 조용히 내리고
내가 고요와 함께 책을 읽을 때면
행복의 여신이 가만히 찾아와
우리를 감싸줍니다

고요는 내 고독한 영혼의 풀밭에 누워
고향 같은 안식처를 주고
새로운 길을 만들어 주지요

나는 요즘 그 말을 믿게 되었어요
고요에 물들면 맑아진다는,
행복은 고요와 함께 찾아온다는

## 시인詩人에게

무엇으로
오늘을 사는가


나무와 풀꽃들의 노래
산과 바다의 노래
사랑과 이별의 노래


그것으로 되었나


빛나는 우리들의 봄날이
다시 오지 못할 어둠 속으로
서럽게 울며 가는데


그대는 흐르는 강물에 잠기고
나는 당신을 잃었네

## 거울 속의 나를 본다

보인다, 저 모습이 나인가?
저 안에 내 영혼이 앉아 있을까
겉모양을 뒤집어쓴 허깨비인지도 몰라

우수에 찬 영혼을 본다
사랑이 식어버린 애인 대하듯
영혼은 허울 벗고 외출도 하고

거울 속의 내가 生을 노래한다

삶은 떠도는 그림자일 뿐
나를 찾아 헤매다 끝나는 것이라고

영혼이 들어와 주인으로 살면
그것이 행복의 길이라고

생의 기쁨, 아니 몸부림치면서
한 가닥 바람인 듯 가고 있다고

# 억새 앞에서

모태母胎에서 싹이 터
천방지축 키가 컸고
모진 비바람 울면서 견뎌냈다

덧없이 흘러온 겨울 문턱에
흰머리 풀고 가지런히 누워
눅눅했던 지난날을 반추하는데

운명을 사랑했던 석양길 나그네
억새의 호흡으로 최선을 살아내고
묻혀서 산 날들 처연히 돌아보네

겨울이 가고 새봄이 오면
뿌리에서 파-란 새끼들이
죽어야 사는 길 밟고 오겠지

# 틀

밤하늘의 별처럼 수많은 사람이 사는 세상에서
이기지 않으면서 지지도 않고 살아가는 법은 없을
까? 마음속에 옹이가 맺힐 때면 떨어져 쌓인 낙엽
을 밟고 고즈넉한 가을을 걷는다. 저마다의 틀을
안고 힘겹게 살아가는 군상들이 보인다

언덕 위의 대나무는 태풍이 불어도 꺾이지 않고
눈 속에 피는 매화는 혹한 속에도 향기를 품는다
지? 이처럼 나무들이 자기 틀을 지니며 살듯이 사
람들도 각자 자기만의 진실을 안고 살아간다

사람들은 각기 다른 틀로 살아간다는
나와 다른 틀이 있다는 생각이
얼마나 아쉬운지

이를 바다처럼 폭넓게 존중하는 날
마른 가지에 파-란 싹이 트고
숲속의 산새들도 사랑 노래 부를 텐데

## 그렇게 살리라

'틀림없다'라는 말,
'일등'이라는 말은 언제나
나를 숨 막히게 한다

사람의 일은 언제나
한 뼘쯤 모자라기 마련

가지가 꺾인 소나무가 보인다
지난여름 태풍을 견디다 다친 것
남은 가지들은 푸른 솔잎과 함께
웃으며 살고 있다

그렇게 살리라
꺾인 가지 쳐내지 않고 꺾인 대로
부드러운 얼굴에 사랑을 담고
한 뼘쯤 비워두고서

## 호박죽

병원에 온 날 식당에서 점심으로 호박죽을 시켰다 이제 내가 누렇게 늙은 호박이 되어 죽이 되기를 기다리는 형국이다 젊을 때 단단하던 체력도 다 빠지고 카페에서 음악과 함께 마셔대던 가을밤의 낭만도 가버리고 매력 있는 여성을 봐도 눈에서 끝나는 누런 호박이 되었다. 남은 생生을 어이할 거나?

호박죽을 먹으며 생각한다. 파란 호박에서 크게 자라지도 누렇게 늙어보지도 못하고 생을 마감한 이들이 가엾구나. 사랑과 삶의 애환哀歡을 모두 견뎌 내고 여기까지 온 나의 여정은 축복이 아닌가 남은 길이 평탄하지 않더라도 마지막 순간까지 걸어보리라 하루 중에 저녁노을이 가장 아름답지 않던가 미숙했던 젊은 날들을 반추하며 늙은 호박이 달콤한 죽을 남기듯이 원숙한 생生의 끝맛을 즐겨보리라

# 선풍기에게

에어컨이 없던 시절 너는 귀공자로 살았지 갑자기 쏟아져 나온 에어컨 찬바람에 네 존재는 묻혀버렸어 죽을 힘 다해 돌려봐도 주연主演이 될 수는 없어. 좌절과 실망에 싸여 앞이 보이지 않아도 포기하지는 마

내일의 태양을 바라보고 조용히 날개를 닦으며 걷다 보면 아름다운 자연의 순리에 오늘 같은 초가을 날씨가 찾아오지 에어컨은 너무 추워 이제 네 역할이 빛나는 거야

숲을 스쳐오는 듯 네 바람은 풀 향기가 나지 계절이 금방 지난다 해도 조금만 더 기다리면 또 너를 찾는 초여름이 오지 않나

살다가 캄캄한 벼랑에 떨어져도 너무 절망하지는 마 깊은 골짜기 지나면 평탄한 길이 기다리는 법이니

## 파랑새 오는 길

아이야
봄날의 들꽃처럼 웃어주고
해님처럼 따스하게 대해주고
바람처럼 넓게 품어주면
파랑새가 날아 올 것이다

아이야
컴컴한 여름 장마처럼 찌푸리지 말고
고양이처럼 의심하지 마라
먹구름이 떠나지 않을 것이다

파랑새는 언제나
겸손한 웃음 따라
긍정적인 마음 따라온단다

# 캄캄한 밤에

등불 꺼지니 캄캄한 밤이다
영하의 날씨에 바닥은 냉골

탄식의 밤을 깔고 자리에 누웠다
눈을 감지 않고 가만히
어둠을 응시凝視하면서

주위의 윤곽이 점차 드러나며
맞은편 벽에 한 줄기 빛이 어려온다
점점 환해지고 동쪽이 밝아온다

일어나 앉았다
밤하늘에 별들은 반짝이고
희망의 눈들은 푸른 하늘을 날고 있었다

방향도 못 잡고 헤맸으리라
어둠의 세월에 눈을 감아버렸다면

# 하느님의 징벌인가

출입구 문진표가 있어야 출입이 허락되는
모두 마스크를 쓰는 대학병원도 한산하다
항상 북적이던 G 식당도 파리가 날고
상가는 쓸쓸하고 거리엔 바람만 펄럭인다

코로나 바이러스Corona Virus.
남을 배려하지 않고 비교하며 잘났다고
스스로 불행해지는 어리석은 인간들에게
하느님이 등불을 꺼버리셨나

인종人種의 종말이 오고 있나?
보통 사람일 뿐 특별한 존재가 아니라고
더불어 사는 법을 배울 때까지

기억하면 시들던 태양도 일어서리라
우리의 여행은 짧다는 것을
다음 정거장에서 내려야 할지도 모른다는 것을

## 生과 死

마누라 건진健診 MRA에서 뇌동맥류가 의심 된다기에 분당
S대 병원 판정을 받으러 뇌신경센터 진료실 앞에 앉았다 저
옆 휠체어에 앉아 있는 중노의 아주머니가 고개를 이쪽저쪽
으로 쉴 새 없이 돌리고 움직인다 자세히 보니 동그란 눈으
로 뚫어지게 양쪽을 돌아보는 모습이 生쪽과 死쪽을 번갈아
바라보는 것이다

인간은 언제나 生과 死의 경계에 서서
양쪽을 넘나들며 살아가는 존재가 아닌가?

남편인 듯 건강한 아저씨가 生쪽으로 휠체어를 끌고 간다
그 남편의 옆자리가 바로 여인의 生이 아닐까?

## 별이 되었다

무거운 삶의 짐 다 벗어놓고 가볍게 올랐다
살던 곳을 내려다본다
저 지구 위에 거미줄처럼 그어진 수많은 선
보이지 않던 것들이다
우주 망원경으로 자세히 보니 인종人種 간, 종교
남녀 계급 세대 가진 자와 못 가진 자 사이에도
셀 수 없는 굵고 가는 금이 촘촘히 늘어져 있다
저 속에서 살아내던 때가 주마등이다
부딪치면 불꽃이 일 것 같은 저 좁은 선 사이를
팔다리 휘저으며 방향 없이 헤매면서
운명과 선택의 길 위에서 아슬아슬 달려왔다.

보노라니 먼지 같은 인생이었다
이웃을 사랑하고 배려하면서
가볍게 살았어도 될 한바탕의 꿈이었다

# 유언장

유언은
이승에서 부르는 마지막 노래
음치의 노래라도 한 번은 귀 기울여야 하는
박자와 음정은 틀려도 가사는 정확해야 하는

써놓은 유언장이 묻는다.
모두가 화음 맞춰 부를 수 있나요
다 같이 품어 안는 그림인가요
저울에 달리긴 싫어요

울고 웃고 미워하고 용서했던 시절 구름처럼 흐르고
어제 같은 오늘이 반복되는 무료한 인생
미루지 말고 서둘러 써놓고
자연으로 돌아가는 오솔길 위에서
마음 편히 걸어가는 지혜

갈 때까지 봉사하는 삶이 보람이라지만
조용히 내려놓는 석양길 나그네도 고운 그림

테이블 위에 다 식은 커피가
'잘했다'고 반갑게 맞아 주었어
지금도
그 커피의 어른스러운 칭찬이
내 마음을 편안하게 해 주지

−「유혹」 중에서

3부

눈 오는 날

# 일기예보

일어나서 일기예보를 본다
⟨1℃. 비. 미세먼지, 초미세먼지-좋음⟩
창문을 활짝 열고 환기를 시킨다

심호흡을 하며 창밖을 보니
비에 섞여 눈발이 성글게 내린다
열린 창문으로 맑은 공기 불어와
폐를 씻고 머릿속까지 깨끗이 씻어준다

눈발 가운데 아버지가 서 계시다

성글게 내리는 써늘한 눈발은
아버지의 근엄한 가르침이고
폐부까지 스며드는 상큼한 공기는
깊고 맑은 아버지의 사랑이다

오늘 아침 일기예보는
다시 갈 수 없는 그리운 옛날이다

# 봄이 오면

반기는 까닭이 무엇일까?


추운 겨울이 가기 때문일까
보리밭 하늘 위로 나는 종달새 때문일까
연초록 신록이 눈을 씻어 주는 까닭일까


꽃들의 아장거리는 재롱 때문인가
수줍은 봄비가 소곤거리며
초목과 대지를 깨우는 까닭인가


봄은
생명이요 꿈이요 날개라 했나?


꽃 피는 봄이 오면
들길을 걸으며 다시 찾으리라
삶에 이지러진 내 소중한 꿈을

## 서울행 직행버스

옆자리에 다소곳이 올라앉은
묘령의 여인은
산수(山壽)를 밟고 앉아 눈을 감으니,
진달래 함께 꺾던 맑은 눈 순이처럼
통학길에 노래하던 살구꽃 경숙처럼
마로니에 공원 걷던 가을 호수 연자처럼
편안하게 다가온다

글 읽기 좋아하는지 알아보고
책을 한 권 건네줬다
교양 있는 인사가 예쁘고
내리는 뒷모습도 백합 같다

지난날의 추억 속을 즐겁게 유영했다

눈을 떠보니 모든 흔적 지워지고
웃음이 사라진 서울 거리엔
우수에 찬 영혼들만 떠돌고 있구나

# 오월이 오면
-그대의 흰 손

가슴에 안고 다니면서
한 번 잡아 본 손이었다

그 손은
그녀의 웃음이었다가
때로는 울음이었다가

지워도 지워지지 않는
마음속 옹이가 되어
처연히 봄이 지는 오월이 오면
이팝꽃 하얀 꽃 무리 속에서
그대를 잃게 될 줄이야

황혼이 내린 이 정원에도
아픈 계절은 또다시 돌아오고

## 아름다운 인생

세상은 온통 초록인데
휘적휘적 걷는 등 굽은 할매 손잡고
천천히 보조를 맞추는 그대는 선량한 목자
늘어진 담장의 붉은 장미 쓰다듬는 손길
핏기 없는 주름진 모습은 노을이 타는 강

걸어 온 길 기억해서 무엇 하리
한 방향 바라보며
물처럼 흘러 여기까지 왔는데

지금 죽음을 준비하나?
그대 위해 숨죽이며 살아 온 할매에게
사랑을 심고 있나
아끼던 정장正裝 단정하게 차려입고
아름다운 이별을 연습하는가

# 섬 1

남해로 무료 진료 떠났던 여름방학
충무공을 기리는 충렬사를 참배하고
그 밑 찻집에 들러 차를 마시며
한려수도 푸른 바다를 바라본다

시간 되어 배 타고 떠나올 때
홀로 외롭던 묘령의 찻집 처녀가
노량 앞바다 멀리까지 흔들어 주던
하얀 손수건이

눈감으면 지금도 애처롭다

# 섬 2
## - 카프리섬의 추억

나폴리항을 배경으로
반도 소렌토 앞바다에
다소곳이 누워 있는 카프리

느릿한 케이블카를 타고
오가며 마주 보는 사람들은
인종불문 남녀불문 노소불문
친구처럼 손 흔들어 인사한다

잔디밭 위에 올라
태양 아래 반짝이는 지중해를 바라보면
'세상은 아름답다' 외엔 아무 것도 없다

오오,
어머니 품속 같은 이 평화여!

## 느티나무 시인들

한여름 무더위에 숨 쉬기도 가쁜데
느티나무 가지에 시인들이 내려앉아
시를 읊기 시작하니 실바람 불어와
시성詩聲의 운율이 온 동네 가득하네

삼복三伏 찌는 날들 잘 이겨내라고
이제 곧 시원한 가을 데려온다고
달빛 내리는 멍석도 깔아 준다고
매미 시인들이 고향을 데려오네

애처로운 시구詩句에
여름날의 지루함 바람처럼 사라지고
고향의 서늘한 가을 달밤이
눈앞에 아련히 서성이네

# 낙엽의 독백

동창에 봄빛이 밝아 올 때엔
천방지축 초록으로 뛰어다녔지
뜨거운 태양의 사랑을 받으며
온통 푸른 꿈 꾸며 춤도 추었어

세상에 영원한 것은 없다 했나?

이제
하늘도 파랗게 열리고
가을빛이 석양에 내려앉으니
가진 것들 모두 돌려 드리고
고운 색동옷 받아 입고서
가을이 가득한 이 정원에서
풀벌레 울음소리 들으며
빈손으로 가볍게 날아가야지

놓으면 우주가 내 것인 것을

# 가을 편지
-고향 친구에게

늦가을 이맘때면
벗이 사는 고향 땅엔
동산 소나무 숲을 불어 지나는
소슬한 바람 소리가 무척 서럽겠구려

가을을 재촉하는 귀뚜라미 울음소리
밤하늘에 외로운 둥근 달님
은행잎 우수수 노랗게 떨어지면

먼 곳에 살고 있는 친구들 생각이
몹시 그리워지는가?

해 뜨면 들판으로 나가고
해 지면 소 몰고 들어와 잠자는 삶이
친구 얼굴에 존재의 의미를 뛰어넘는
무애無碍의 웃음으로 씌어 있던 기억
지금도 잊히지 않네

## 유혹

황혼빛이 볼에 물들고 숨소리 불어와
쉴 수 있도록 그녀 머리를 밑으로 받쳐 주었지
그녀는 주저 없이 골짜기 물로 홀짝거렸어
물 흐르는 대로 걸어가 강물에 함께 빠져버릴까 생각하다가
순진한 그녀가 익사해버릴까 봐 슬며시 숨통을 들어 올렸지

자연은 이렇게 스스로 마음을 열게 하는가?

테이블 위에 다 식은 커피가
'잘했다'고 반갑게 맞아 주었어
지금도
그 커피의 어른스러운 칭찬이
내 마음을 편안하게 해 주지

아득한 길 끝에
젖은 눈으로 하늘을 바라보는 여인 하나

배려


결석한 친구에게
노트도 빌려주지 않는다지요?


은하수 넓은 치마 펼쳐서
외로운 별을 살포시 감싸본 적 있나요


가난한 영혼들은
힘없는 목소리로 다가오는데
누가 갑인지 을인지 알 수 없는
책임지는 이 아무도 없는 세상에서
더불어 사는 '배려'가 아쉽다


천년의 꿈 배려
이 땅에 넘쳐흐를 때
나는 통곡하리라, 기뻐서
너무 기뻐서

# 눈 오는 날
### - 하얀 추억

이제 그만 생각하라고
모두 잊어버리라고

그대는 밤새도록 흰 눈이 되어
그리움의 산야山野에 하얗게 내렸네

행여 곤한 잠 깰까 봐
밤새 소리 없이 내려서 쌓여
온 세상을 무념無念으로 덮어버렸네

잠 깨어 옛 생각에 도로 들까 봐
가만히 바라보다 또다시 내려
지나온 발자국들 지우고 있네

응답 없는 우리의 기도였다고
가슴에 서린 상처 다독여 주네

## 이름 없는 시인의 묘墓

　영혼은 양지바른 산자락에 앉았네 고명 시인들의 시 말을 아무리 뒤적여도 시알이 떠오르지 않았어 무명이면 어떤가 영혼에서 깨끗한 가닥으로 뽑아 집을 지었으면 그만이지 이 정갈한 집에 앉아 봄을 잃은 설움에 잠겨 있으니 노란 산수유가 귀를 쫑긋 옆에 매화도 방긋 웃고 앞쪽 이팝나무 마른 가지에 앉은 까치도 봄소식을 전해 주네 파란 하늘에서 낮달도 손 흔들어 주니 서러운 마음 구름처럼 흩어지네

　앞만 보고 달려가는 사람들에게 내 집에 좀 쉬어가라 청하지 않아도 외롭지 않아 바람 부는 벌판에서도 쓰러지지 않고 의연히 내 길을 걸어오지 않았나. 그대 먼 길을 자주 찾아올 필요 없어 어둠이 내리면 하늘의 별을 통해 우리 안부를 전하지 조용히 옆에 앉은 할미꽃에게 내 시를 들려줘야지 이제 곧 개나리 영산홍도 찾아올 테니 이 영혼 춥지는 않을 거야


　낙엽 지고 눈 내리고 세월이 가면
　풀벌레 소리만 가득할 뿐 모두 잊히리
　이승의 인연들도 모두 떠날 것이니

그냥 걷자
꽃구경도 하면서
나무에 물도 주면서

사람들은 정상에 닿기를 원하지만
진정한 기쁨은 오르는 길이라네

– 「길 2」 중에서

4부

살면서

휴대폰


마누라 휴대폰에
세월이 잔뜩 쌓였다

늙을까봐 얼른
쌓인 세월을 지웠다

추억도 모두 날아갔다

그게 그것인 줄도 모르고

세월 위에 쌓인 추억이
황혼 길의 양식인 것을

## 시인, 맞나

명시名詩를 보면 감탄하고
공감 가는 시를 읽으면 감동하고

시원치 않은 시를 대하고 나면
주저앉던 용기가 슬그머니
웃음을 짓는, 나는


시인詩人이 맞는가?

# 존재의 이유
-말하는 시집

어두운 구석에서 졸고 있었지요
존재의 이유에 회의하면서
당신이 찾아 눈길을 주기 전에는

내 수줍은 속내를 열어보고
당신이 웃어줄 때 비로소
갈증에 시원한 냉수 만나듯
고독한 길에서 살맛을 얻었지요

아마도 나는
사랑받기 위해 사는가 봅니다
당신이 나를 알아볼 때까지
바람을 기다리는 민들레 꽃씨처럼

인격人格을 사고


영수증을 받았다

이제
온전하게 격格을 갖춘
사람이 되었다.

인격이
어찌 생겼는지
영수증을 들여다보았다

모나지 않고 둥글다
차갑지 않고 따뜻하다

## 살면서

느지감치 일어나 맨손 체조를 하고
밥하는 마누라 도와 주스를 갈아 나눠 마시고
정성껏 차린 아침상을 둘이서 먹었다

식후에 친구들에서 받은 카톡을 읽고 응답하고
화장실에 들어 힘주어 뒤를 보았다, 시원하다

노년을 살면서
이보다 더 긴요한 일이 무엇인가?

한 편의 시詩를 짓는 일도
살아온 날들의 울음소리를 걸러
쏟아내는 영혼의 배설排泄이 아닌가

## 가을 바다

쓸쓸한 가을 바다

이 세상이 너무 무거워
버리려고 찾아왔더니

티 없이 파-란 하늘 위로
매끄럽게 날아오르는 갈매기가
내 절망絶望을 재빨리 낚아챈다

내 안의 내가 말을 한다
파도가 속삭여 주는 희망을 안고
저 높은 대관령을 넘어가라고

## 길 1


캄캄한 밤길을
둘이서 걸어갑니다

나는 별자리를 알고
그대는 쉴 곳을 압니다

무엇이 더 필요한가요?

우리의 동행 길은
행복한 노래가 됩니다

# 길 2

걷는 놈 위에 뛰는 놈

뛰는 놈 위에 나는 놈

나는 놈 위에 죽는 놈

그냥 걷자
꽃구경도 하면서
나무에 물도 주면서

사람들은 정상에 닿기를 원하지만
진정한 기쁨은 오르는 길이라네

## 길 3

길은 사람들이 말하듯이 그렇게
험하지 않습니다. 때로는
홍수가 내려 앞길을 막기도 하지만
기다리면 모두 흘러갑니다

희망希望은 은빛 날개를 달고 언제나
내가 주저앉지 않도록 용기를 주지요

숨 가쁜 오르막길 오르고 나면
걷기 좋은 내리막 숲길이 펼쳐집니다

평탄하고 행복한 길은 그리 길지 않아요
그 시간을 후회 없이 즐기세요
힘들고 고독한 길을 만날 때
나만의 보폭으로 걸어갈 힘을 준답니다

# 길 4

들려온다,

시대의 아픔 속에서
밥의 길로 피하지 말 것

일상의 여로旅路에서
시대의 흐름에 빠지지 말 것

숨이 차고 힘들어도
길 끝나는 날에 내줄 수 있는
깨끗한 이름 하나 남길 수 있게

# 길 5

내 서른 살 적에는 눈물로 밥 말아먹던 날들
생의 어둠 속에서 만난 운명에 붙잡혀
이렇게 살 수도 저렇게 죽을 수도 없었다

'길이 아니면 가지를 마라'
하늘에서 아버님 말씀이 들려왔지만
어둠 속에서 길을 찾지 못하였다

서른하고 아홉이 되어서야
영혼이 가리키는 길을 찾았고
내 청춘은 다 저물어 버렸다

하지만 광야의 늑대처럼
지난 상처의 조각들 어루만지며
나를 벗 삼아 혼자서 걸었다

살면서 가야 할 바른길 찾기가
등대 없는 밤바다 항해보다 어려웠다.

# 길 6

우리는 하루하루 점을 찍으며
인생길을 걷는다

달리는 사람, 걷는 사람
북으로 가는 이, 남으로 오는 이
각자의 능력대로 자기 방향 따라

가다가 한 번씩 멈추어서 돌아보며
제 길을 가고 있는지 살펴볼 일이다.
화폭에 그림을 그리는 화가가 수시로
한 걸음 뒤로 물러서서 바라보는 것처럼

도돌이표 없는 외길 인생
번개처럼 스쳐가는 세월
언젠가 홀연히 정지 버튼 내려질 때
잘못 걸었다는 회한의 눈물 흘리지 않게

## 길 7

맑은 날 곧게 뻗은 길보다
비 오는 날 굽어진 길이 좋았다.

곧은길에서는 볼 수 없는
눈물도 웃음도 보았고
바닥도 정상도 걸었고
사랑도 이별도 앓았다

우산 잘 받고 비 맞지 말라는 어머니 말씀도 들었고
조용히 울고 있는 들꽃들에 손도 흔들어 주었고
천천히 걷다가 하늘의 별도 보았고

주어야 받는다는 것
비워야 행복해진다는 것
중요한 것은 마음으로만 보이고
행복은 조용히 온다는 것도 알았다.

반듯한 길 쉽게 걸어왔다면 후회할 뻔했다.

무대舞臺

무대 위 주연主演은 5~60대
생각 많은 3~40대도
조연助演에 머무른다

7~80대들이여!
엑스트라extra 신세에
무슨 세상 걱정이 그리 많소이까?

무대 바닥이나 잘 닦읍시다
젊은이들 미끄러지지 않게

까만 선글라스도 좀 벗어놓고
높은 가을 하늘도 한번 바라보시게
맑은 하늘은 그대의 시력을 잡아 줄 거야

오는 겨울엔 눈이 푹푹 내려
온 세상을 하얗게 덮어 주겠지
세상의 시작처럼

– 「경자년」 중에서

5부

그강을
건너도

## 달빛과 가로등

환하던 달빛이 먹구름에 갇히니 가로등이 대신하여 세상을 밝히네 달빛인 줄 알고 부엉이는 뒷산에서 울고 논에서 개구리 합창하고 달맞이꽃도 활짝 웃고 있네. 밤이 다 갈 무렵 가로등 꺼지고 캄캄한 밤이 온 세상에 내려앉을 때 뒷산의 부엉이도 빈 논의 개구리도 쥐 죽은 듯 조용한데 바이러스virus와 싸우며 우리는 또 무엇을 할 것인가?

트로트의 강에 빠질 것인가 벌판으로 나가
왕따 당하는 별자리를 찾아볼 것인가

너는 가로등 불빛 보며 웃고
나는 달을 보고 운다

– 2020. 5.

# 가을 산에서

가을을 먹고 있는 나무숲에서

빨강 노랑 주황으로 물든 단풍잎들
세월이 그려준 색깔로 차려입었나
머잖아 떨어질 운명을 외면하면서
마치 우리가
불사不死의 생명인 양 착각하고
무덤 속에 묻힐 날을 외면하듯이
공정公正과 설마에 취해
단풍잎들 바람 타고 춤추고 있나

보고 있는가?
마침내 나뭇잎들 모두 떨어지고
줄기와 가지로 북풍한설에 벌거벗는
저 겨울나무의 아픔을

## 귀향 歸鄕

허물어지는 고향 집터를
깨끗이 밀어버리고 새롭게 닦아
천년이 가도 든든한 집을 지으리라

따스한 남풍에 진달래 만발하고
앞산에 꿩들이 맘대로 울어대던
그 옛날을 불러오리라

어둠이 내리면
정답게 반짝이는 별무리를 보며
밝고 맑은 날을 세우리라

이 집은 어머니이고 희망이리니
친구들아, 돌아가자 고향집으로
자유로운 새소리로 아침을 열기 위하여

# 4월

코로나 바이러스virus에 흐름을 멈춘 세월
잘 견디고 계신가요?
보리밭에 아지랑이 피어오르고
창공蒼空에 종달새 높이 나는
희망의 봄, 4월입니다

그 4월에는 피 흘리는 젊은 학생들
경찰차 빼앗아 타고 종로 거리를
태극기 휘날리며 내달렸지요

이 4월에는 남쪽에 이는 바람이
차가운 북풍으로 불어오네요

파란 꿈을 입에 문 어린 영혼들이
날갯짓을 할 수 있게, 잔인한 4월이
생명으로 이어지도록 기도하렵니다.

― 2020. 4.

# 겨울비

창밖에 처연히 비가 내린다

영산홍 마른 잎에 물이 오르고
겨울비 사이로 봄 냄새가 난다

사람을 꽁꽁 묶어 놓던 한파도
이제 곧 물러갈 입춘立春이다

보라, 잎새 다 떨구었던
벌거벗은 벚나무 가지 끝에서
뻗쳐오르는 저 힘찬 기상氣像을

찬비 내리는 정원에
파랑 우산 하나 넌지시 받쳐 든다

— 2021. 4.

# 삼팔선은 국경선인가

누가 만들었나?

인간들이 인위적 경계를 만들어 놓은 선에 사람들은 자유왕래가 금지된다 지구 상에 온갖 나라가 자유롭게 넘나들고 서방西方은 한 집처럼 오가는데 어찌하여 삼엄한 경계에 소 떼를 몰아야 넘을 수 있나?

답답하여 하늘을 본다 뭉게구름도 유유히 흘러가고 넘어온다 비구름은 양쪽 구분 없이 비를 뿌리고 둥글게 떠오른 가을날의 저 달님은 남북 차별 없이 환한 웃음을 보낸다 V자로 날아 넘는 기러기 떼는 양쪽에 늘어선 초라한 병정들에게 애처로운 울음소리 '기럭기럭' 던져준다 바람도 자유롭게 왕래하는 이 강산에 금을 긋고 선을 만든 우스운 인간들

북에선 '자유'를 먹지 못해 비쩍 마른 새들이 왜소한 몸으로 방황하는데 남쪽 새들은 거저 얻은 '자유'를 맘껏 퍼먹고 뒤뚱뒤뚱 비만으로 살 빼기에 정신없다 '자유'를 먹으면 '책임'이란 똥을 누어야 한다는 사실을 몰랐기 때문이다 지금은 이 '자유'라는 먹이를 얻기가 얼마나 어려운지 배우려고 몸살을 앓는 중이다 눈을 뜨지 않으면 앓다가 죽을 수도 있다.

— 2019. 9.

# 들무리 사냥꾼

어슬렁거리며 먹이를 찾는 사냥꾼이다. 사자처럼 숲속을 누비지도 못하고 독수리처럼 하늘 높이 나르며 먹잇감을 낚아채지도 못한다 힘들지 않은 한강변 모래 언덕 위에서 천천히 돌아다니며 길에 떨어진 썩은 먹이나 냄새 맡고 다닌다 정작 피가 되고 살이 될 만한 먹잇감이 널려 있어도 "나하고는 상관이 없다" 외면하고 먼 산만 바라본다

사냥꾼의 무리를 보니 철 지난 노생이 이리저리 끌고 다니는데 길도 제대로 찾지 못한다 젊은 무리들은 그 깃발 아래 갈팡질팡이다 지난달에는 시내 한복판에 영양가 가득한 먹이가 넘쳐나는데도 독이 묻어 있다고 생각한 듯 금을 그어 버렸다 보이지 않는 손이 먹이를 주는지 낮잠 자는 배부른 강아지처럼 의욕이 없다 몸에 좋은 먹이가 또다시 앞에 와도 '절대 먹지 않겠다'고 문패도 바꿔달고 깃발도 색깔을 바꾸려 한다

이런 사냥꾼을 고용한 주인네는 정말 죽을 맛이다

매일 저녁 트로트나 마시며 겨우 숨 쉬고 산다

새로 구해야겠다 날쌘 사냥꾼으로

## 허가 받은 날도둑

목숨 바쳐 5·18 들판에 씨를 뿌리고
살인적인 열사熱沙에서 작업을 했다
이렇게 차려진 밥상 위에
근처에도 없던 놈들 수저를 얹는다
양심에 찔리는지 얼굴을 가린다
누가 조선시대 양반들을 가리켜
'허가받은 흡혈귀'라 했다더니
이놈들은 허가받은 날도둑이로구나!

이 나라가 태양 앞에 환하게 서려면
이런 파렴치한들을 모두 가려내어
정화 작업을 해야 하리라
부끄러워하는 염치와
혼이 살아 있는 사회를 만들기 위하여

## 나이트클럽

귀청을 울리는 음악 소리에
조용하던 무리는 폭탄 터진 듯
세상 위에 올라가 흔들기 시작한다

마주 보고 얌전히 끌어안는 사람
돌리며 돌아가는 사람
팔다리 꺾어가며 뒤흔드는 사람

안개 자욱한 세상에
남에게 관심 갖는 사람 하나 없고
모두 자신에게만 빠져 있다

사람들의 시계는
각자 다른 시간이 돌아가지만
쏟아지는 음악소리엔 일사불란하다.

인간은 이성적이지도 않고
역사는 운명 따라 흐른다

## 밝은 세상 있으리

1948.08.15. 일 태어난 누이의 무덤가에는
바람이 붑니다
비가 내립니다
낙엽이 집니다


한강은 흘러
메콩강으로 向합니다


촛불 멎은 광장에는, 아직도
짙은 안개 깔려있고
저 쪽에 맞닿아 있을 하늘도
어둠에 묻혀 있습니다


아이들은 평화를 외치며 몰려다니고
각종 지원금에 평화를 주워 담습니다
날개처럼 가벼운 평화임을 정녕 모르시나요


흐르는 세상을 어이하랴!

밟아라, 기왕에 들어선 길인데
시커먼 구름 위에 푸른 하늘 있으리

어둠은 밝음의 다른 이름이니까

—2019. 8.

## 제야除夜의 종소리

긴- 밤이 황망히 나래를 접고
묵은해를 보내는 맑은 종소리
세상에 가장 숙연하고 감동이다

하늘에 별들이 어둠의 옷을 벗으며
동쪽에 서광曙光이 비쳐오니
새날이 머지않았음이라

지난해는 우울하였으나 오는 해는
솟아오르는 둥그런 희망을 안고
눈 쌓인 산등성을 밟고 일어서리

변함없는 세월의 순환을 믿기에
처져있던 어깨를 바로 펴면서
잠겨 있는 자신을 찾으리라

-2021. 12.

## 경자년庚子年

추위 속에 바람 타고 온 그대
외투 입고 귀마개하고 선글라스도 끼었구려
아무리 추워도 가끔은
새가 울고 시냇물 흐르는 자연의 소리에
귀를 열어 보시게
마음 밭에 평정平靜이 찾아올 거야

봄이 돌아오겠지
손잡고 꽃밭을 거닐 수 있게
너무 껴입지는 말게
까만 선글라스도 좀 벗어놓고
높은 가을 하늘도 한번 바라보시게
맑은 하늘은 그대의 시력을 잡아 줄 거야

오는 겨울엔 눈이 푹푹 내려
온 세상을 하얗게 덮어 주겠지
세상의 시작처럼

– 2020.

# 그 강을 건너도

어머니, 지금 어디로 가십니까?
저를 자랑스럽게 키워주신 어머니
붉은 황토물이 흐르는 그 강을
양 떼 몰고 제발 건너지 마세요

수많은 양들이 다치고
　　　　떠내려가고
　　　　익사溺死할 것입니다

갖은 고난苦難 끝에 건너도
한낮에는 앞산에서 꿩이 울고
보리밭 푸른 물결 위로 종달새 솟는
이 길을 결국 만날 것입니다

꽁무니를 따라 걷겠지요
우리 양 떼들은 다시 털을 깎아 팔면서

어머니시여!

이 길을 그대로 걷고 싶습니다

청산은 두고 구름만 가라 하세요

– 2021. 8.

# 어선漁船이 될 것인가?


고깃배가 되어
부지런히 물고기 잡아서
주인에게 충성스레 바치고

고기 다 잡는 날, 부담스러운
그 어선 폐기처분 될 끼다
토끼를 다 잡고 나서
사냥개 잡아먹히듯이

메콩강 흐느끼며 흐르는
저 소리가 들리지 않는가?

거대한 상선商船이 되어라
오대양 육대주를 누비며
영원히 항해하는


– 2021. 8.

거울 속의 나를 본다

RAINBOW | 099

# 거울 속의 나를 본다

심웅석 시집